AF187516

Detlev von Liliencron

Arbeit adelt

Genrebild in zwei Akten

Detlev von Liliencron

Arbeit adelt
Genrebild in zwei Akten

ISBN/EAN: 9783743453999

Hergestellt in Europa, USA, Kanada, Australien, Japan

Cover: Foto ©Andreas Hilbeck / pixelio.de

Manufactured and distributed by brebook publishing software
(www.brebook.com)

Detlev von Liliencron

Arbeit adelt

Arbeit adelt.

Genrebild in zwei Akten

von

Detlev Freiherr von Liliencron.

Leipzig.
Verlag von Wilhelm Friedrich.
K. R. Hofbuchhändler.
1887.

Den Bühnen gegenüber als Manuskript gedruckt.

Das Aufführungsrecht ist allein zu erwerben durch die
Theater-Agentur von Felix Bloch, Berlin.

Personen.

Mister Smith, ein reicher Kaufmann, Deutsch-Amerikaner.
Mister Johnson.
John, Reitknecht.
Ein alter Diener.
Maria, Tochter Smith's.

Zeit: 1872.

Ort: New-York. In einem Hause der fünften Avenue.

Zwischen den Akten liegen drei Monate.

Erster Akt.

Scene.

Ein reich eingerichtetes Zimmer. Abend. Mister Smith liest in der New-Yorker Staatszeitung. Auf dem Tisch eine Schale mit Aepfeln. Rechts, links und in der Mitte: Thüren.

Erster Auftritt.

Der Diener.

Es ist draußen ein Herr, der sich nicht abweisen lassen will; ein Deutscher.

Smith.

Du weißt, wie ungern ich gestört bin zu dieser Stunde. Merk' Dir's doch endlich.

(Kurz.)

Ich bin nicht zu sprechen.

(Der Diener will sich entfernen. Smith, über die Zeitung sehend.)

Was sagtest Du, ein Deutscher?

Der Diener.

Ein Deutscher, Mister Smith.

Smith.

Wie sieht er denn aus?

Der Diener.

Wie ein gentleman.

Smith.

Nun, meinetwegen.

(Diener entfernt sich.)

Daß ich nicht einmal die paar Abendstunden für mich habe. Zum Kuckuck, wer wird's denn sein. Nannte Bill nicht den Namen? Brachte er keine Karte?

(er sucht)

Nein . . . Muß ich den Schlingel auf seine alten Tage noch erziehn

(wirft die Zeitung ärgerlich auf den Tisch).

————

Zweiter Auftritt.

(Ein Herr, im eleganten, unverkennbaren Civil eines Preußischen Offiziers, tritt ein. Er verbeugt sich vornehm.)

Der Herr.

Ich habe die Ehre, Mister Smith vor mir zu sehn?

Smith.

Der bin ich. Darf ich um Ihren Namen bitten?

Der Herr.

Mein Name ist Degen.

Smith.

Und womit kann ich Ihnen dienen, Mister Degen?

Degen.

Ich komme . . .

(Verlegen.)

Ich komme . . . man hat mir gesagt . . . daß Sie . . . daß Sie gegen Ihre Landsleute . . .

Smith (für sich).

Ach Herrje, also doch . . .

Degen.

Daß Sie gegen Ihre Landsleute stets . . . daß Sie stets so wohlgesinnt wären, und . . .

Smith.

Nun?

Degen
(verlegen, finster, mit der Demüthigung kämpfend).

Und ich bin in einer Lage . . .

Smith.

Nun, Mister Degen, so ist ja wohl Ihr Name, ersparen Sie sich das Uebrige. Ich will Ihnen hier gleich kurz sagen, daß es mir unmöglich ist, jedem meiner Landsleute mit Geld zu . . .

Degen
(auffahrend und gleich wieder verlegen).

Ich bin nicht gekommen, Sie um Geld zu bitten? . . .

(Er schlägt wie in Verzweiflung die Hand vor die Augen.)

Gott, Gott, ich bin doch nicht zum Bettler ge-
sunken . . .

Smith

(ungerührt, aber er betrachtet sein Gegenüber mit Neugierde).

Dann bitt' ich um Verzeihung, Mister Degen.
Sie wünschen also?

Degen

(die Augen freigebend).

Ich wollte Sie bitten, mir eine Stellung zu ver=
schaffen. Seit drei Tagen laufe ich schon umher,
und suche und suche . . .

Smith (lächelnd).

Seit drei Tagen erst . . . seit drei Tagen . . .
Wissen Sie, daß ich länger als drei Jahre gebraucht
habe, ehe ich . . .

(mit betonter Stimme)

ehe ich mein Abendessen verzehren konnte, o h n e
daß mir Arme und Finger noch dabei zitterten von
der vorhergegangenen Arbeit und Anstrengung? . . . .
und w a s ich Alles habe durchmachen müssen? Bäcker,
Prediger, Schornsteinfeger, Lehrer, Soldat . . .

(Kleine Pause.)

Und wie lange sind Sie in New-York, in Amerika
überhaupt?

Degen.

Seit etwa vier Wochen, Sir.

Smith.

Ihr Anzug sieht ja noch wie neu aus. Sie haben
also, so muß ich schließen, noch keine schlimmen Tage
gehabt.

Degen (bitter lächelnd).

Für mein letztes Geld vorgestern habe ich mir ein Paar Glacé-Handschuhe gekauft . . .

Smith.

Ah, nobel geht die Welt zu Grunde. Heißt nicht so ein deutsches Wort?

(Kleine Pause.)

Nun, ich will Ihnen Recht geben: Goethe, wenn ich nicht irre, sagt: Von zwei Lumpen geb' ich dem besser gekleideten zuerst ein . . .

Degen (auffahrend).

Mister Smith, das ist unverschämt . . .

(Dann seine Augen mit den Händen beschattend, den Kopf beugend.)

Und Sie wagen, einem Unglücklichen das zu sagen . . . o mein Gott . . .

(energisch)

Ich bin zu Ende. Ein Mann, der mir so höhnisch antworten kann . . .

Smith (mit leiser Rührung).

Das wollt' ich nicht, Mister Degen, das wollt' ich sicher nicht. Ich habe Sie nicht kränken wollen . . . Wir sind in Amerika, bedenken Sie das . . .

(Degen wendet sich, um zu gehen.)

Ich bitte, Halt! Sprechen Sie sich aus. Wer weiß, vielleicht kann ich Ihnen helfen. Vor Allem: Was waren Sie in Ihren alten Verhältnissen in Deutschland?

Degen.

Preußischer Husar.

Smith.

Preußischer Husar. Aber das wird Ihnen hier nicht viel helfen.

Degen.

Ich bin doch deßwegen zu Ihnen gekommen: Ist die Anfrage nicht von Ihnen, daß Sie einen Bereiter wünschen?

Smith.

Ah richtig. Aber nicht eigentlich einen Bereiter — wenn auch diesen — wünsch' ich, als vielmehr einen Reitknecht; einen Knecht bei meinen Pferden, der auch meine Tochter zu begleiten hätte bei ihren Ausritten in den Central-Park; und dann allerdings könnten wir . . .

Degen.

Einen Reitknecht wünschen Sie; aber es stand doch, oder ich müßte mich versehen haben, nur von einem Bereiter in der Anzeige.

Smith.

Ich wüßte nicht, welchen großen Unterschied ich zwischen einem Bereiter und einem Reitknecht zu machen habe.

Degen.

Der Unterschied dürfte denn doch in die Augen springen.

Smith.

Gleichviel jetzt. Weshalb sind Sie herübergekommen?

Degen.

Wegen Schulden.

Smith (verwundert).

Wegen Schulden? Ein einfacher Husar wegen Schulden? .. Nun, das soll mir gleich sein. Haben Sie Ihre Papiere, Ihre Zeugnisse bei sich?

Degen.

Ich habe Sie bei mir. Aber ich bitte, mir deren Vorzeigung erlassen zu wollen.

Smith.

Dann: Ein für allemal: Nein.

Degen.

Muß es sein?

Smith.

Aber nichts find' ich natürlicher; wenn ich Ihnen auch auf Ihr treuherziges Gesicht hin glaube . . . Nun? . . . Also . . . Sie wollen nicht? . . .

Degen

(der die Papiere hervorgezogen hat, überreicht sie mit abgewandtem Gesicht).

(Während Mister Smith sie rasch durchsieht [mit Zeichen des Erstaunens], schielt Degen nach der Apfelschale).

Smith.

(der während des Lesens Blicke auf Mr. Degen ab und zu geworfen hat; er beherrscht sich; ruhig.)

Hier steht ein andrer Name. Hier steht Graf Gyldenkralle . . .

(etwas sarkastisch lächelnd)

Eine der Eitelkeiten Ihres Standes? Den Namen verändern, den Adel ablegen, wenn's schlecht geht... Aber ich versichere Sie, „der Graf“ würde Ihnen hier nichts schaden. Wirklich nicht. Er ist ganz gleichgültig. Nützlich allerdings nur könnte er Ihnen sein, wenn Sie im Stande wären, hier mit gräflichem Reichthum aufzutreten. Dafür haben die guten Yankees denn doch eine kleine Schwäche. Aber so... in Ihrer Lage... Nun auch, was geht's mich an... Also Mister Degen, so wünschen Sie genannt zu werden...

Ich muß doch noch eine Frage thun. Wegen Schulden sind Sie hierher gekommen? Immer die alte Geschichte. Weshalb denn gerade hierher. Hier heißt es brutal: Hilf Dir selbst. Und das verstehn die wenigsten von ihnen... Konnten Sie denn nicht anderswo in Militairdienste treten?

Degen.

Das wollte ich. Nach Argentinien, nach Cuba ... aber das Geld reichte nur bis hierher.

Smith.

Ihre Zeugnisse sind ja vorzüglich. Sie haben den Krieg mitgemacht, das eiserne Kreuz erworben, waren zweimal verwundet...

(Nach einer Pause.)

Würden Sie mir den Namen Ihrer Frau Mutter nennen? Das Haus Gyldenkralle ist mir bekannt ... ich ...

Degen.

Meine Mutter starb bei meiner Geburt. Sie

war eine geborene von Dornberg; Anna von Dorn=
berg . . .

Smith
(einen Augenblick im Kampf, dann ruhig).

Anna von Dornberg . . . Sie sind der Sohn
Anna von Dornberg's? Wir sind gewissermaßen
Landsleute . . . Aber ich erinnere wenig von unserer
Heimath. Mit zwanzig Jahren wanderte ich aus,
und nun bin ich schon über Vierzig hier.

(Sehr ruhig werdend; im alten Ton)

Nun ja; ich möchte Ihnen helfen. Mit Geld,
— und das ist ja nicht Ihr Wunsch, und das ist
ehrenwerth von Ihnen! mit Geld kann ich es
nicht. Aber — es hängt jetzt ganz von Ihnen ab
— ich brauche, oder vielmehr meine Tochter braucht
einen Reitknecht . . .

Degen (hochmüthig).

Reitknecht . . . niemals.

Smith.

So sind wir geschiedene Leute, Mister Degen.
Ich weiß wohl, was in Ihnen vorgeht. Aber, be=
denken Sie eins: Arbeit schändet nicht, Arbeit adelt
— und ich würde dafür sorgen, daß es Ihnen bald
besser ginge . . .

Kein Mensch kennt Sie hier. Von Ihrer Gra=
fenkrone sage ich Niemandem. Mein Wort darauf.

Degen.

So nennen Sie mich: Bereiter, und ich bleibe.

Smith.

Sie würden mein Reitknecht. Und nun kein

Wort weiter. Ich werde Sie hier einige Minuten
allein lassen — und kehre dann zurück, um Ihren
Entschluß zu hören. Für solange: Leben Sie wohl.
(Rechts ab.)

Degen

(den Kopf tief gebeugt)..

Reitknecht . . . Reitknecht . . .

(energisch)

Nein . . . dann eher die Kugel . . . ich kann,
ich kann es nicht . . .

(er sieht nach der Apfelschale)

Seit vorgestern hab' ich nichts gegessen . . .

(wild)

Ich kann doch nicht betteln . . .

(er senkt wieder das Haupt)

Ach, säß' ich bei Hiller . . . mit den Kamera-
den . . . der Seltkübel an der Seite . . . wie fällt
mir denn in diesem verdammten Augenblick der Vers
ein.

Wo hört' ich ihn denn singen:

Unter den Linden ist es bei Hiller,
Da reden sie wenig von Jöthen und Schiller.
Da lachen und schwatzen und sprechen die Leute
Und lassen leben das lustige Heute:
Zwei Gardedragoner vom Tattersall,
Ein Hamburger Kaufmann von Aspinwall.
Von einer Dame des Corps de Ballet
Lispelt entzückt ein Attaché,
Und trinkt, in Gedanken der süßen Seiner,
Gemächlich zwei Flaschen Rüdesheimer . . .

O mein Gott . . . noch einmal bei Hiller . . .

(Nach einer Pause; wie beschämt.)

Und jetzt hab' ich Hunger, gemeinen, wirklichen Hunger . . .

(Er sieht wieder auf die Apfelschale.)

Wenn ich einen Apfel dort . . . aber das ist ja Diebstahl . . . ach was, ich kann's nicht mehr aushalten . . .

(Er nimmt einen Apfel und beißt wüthend hinein.)

Dritter Auftritt.

(Von links Maria; sie bleibt verwundert stehn.)

Maria (für sich).

Was ist denn das?

Degen
(nach einer tiefen Verbeugung; noch den letzten Bissen hinunterwürgend).

Ah, mein gnädiges Fräulein, Mylady — O tausendmal bitt' ich um Pardon.

Maria (lachend).

Bitte, lassen Sie sich den Apfel schmecken. Wozu sonst stehn sie hier . . .

(Für sich.)

Aber wunderbar ist's doch . . .

Degen.

O, mille pardon! mein gnädiges Fräulein. Eine Fliege war mir in den Hals gerathen, so nahm ich mir die Freiheit, einen Apfel dort . . .

Maria.

Aber ich bitte, bitte . . .

Degen.

Gestatten gnädiges Fräulein, daß ich mich Ihnen vorstelle: mein Name ist Degen.

Maria
(ihn scharf anschauend).

Mister Degen . . . sehr angenehm . . .
(sie geht links ab)

Degen (allein).

Wie? . . Fort ist sie? . . Wenn das die Tochter wäre? Ich bleibe . . . Ich werde Reitknecht . . . Nein, diese Augen . . . Diese wundervollen Augen! . .
(Er geht rasch auf und ab.)

Ich bleibe, ich bleibe . . . Ich werde ihr Reitknecht . . . Ich begleite sie in den Central=Park . . . wohin, wohin immer. Ganz gleichgültig . . . Ich bleibe . . .

Vierter Auftritt.

(Mister Smith von rechts; er bleibt erstaunt stehn.)

Degen.

Ich bleibe, Mister Smith, ich bleibe . . . Ich werde Ihr Reitknecht . . . Ja, Arbeit schändet nicht . . .

Smith (für sich).

Das ist denn doch schneller, als ich dachte . . .
(laut.)

Gut denn, Mister Degen . . . So bleiben Sie

hier als Reitknecht. Ich verspreche Ihnen, wenn
Alles gut geht, Sie sollen es nicht zu lange sein ...
Aber, nennen Sie es eine Laune, oder wie immer;
nennen Sie es eine tiefe ernste Lebenswahrheit: Arbeit adelt ...

(Langsam)

Und das ist auch Ihre Ueberzeugung?

Degen (gerade, ehrlich).

Ja, Mister Smith.

Smith

(im veränderten Tone, ernst).

Ich werde Sie von nun an John nennen.

(Degen verbeugt sich langsam, erröthend.)

Sie werden eine Kammer neben der meines alten
Dieners haben.

(Degen beißt sich auf die Lippen.)

Sie werden mit diesem zusammen essen ...

Degen (auffahrend).

Nein, das kann ich nicht. Zu viel ... Zu
viel ...

Smith (kalt).

Hat in Deutschland Ihr Reitknecht mit Ihnen
zu Tisch gesessen?

Degen (gebrochen).

Nein ...

(Für sich.)

Es sei, auch dies denn ...

2

Smith.

Nun noch Eins! Ehe wir uns trennen als Herr — und — Diener . . .

(Degen beißt sich auf die Lippen.)

Welcher Art sind Ihre Schulden? Wie sind sie entstanden? Und — wie hoch ist die Summe? Erlauben Sie mir diese Fragen.

Degen (ehrlich).

Ich war gewohnt, Schulden zu machen. Mein Vater war reich, und stets wurden sie bezahlt. Da starb mein Vater vor einigen Monaten und hinterließ mir nur die schlimmsten Geldverhältnisse. Ich that Alles, um die Gläubiger zu befriedigen. Ich verkaufte das Gut, Alles . . . Alles . . .

(Kleine Pause.)

Aber es reichte kaum hin. Dazu kamen eigene lästige Schulden . . . Ich mußte meinen Abschied erbitten . . . Und ich war so gerne Soldat . . . Ich wanderte dann aus . . . Hierher . . . Die Gläubiger ließen mich nicht in Ruhe . . .

(Pause.)

Smith.

Und wie hoch ist die Summe? Bitte, in runder Zahl.

Degen.

40,000 Thaler.

Smith.

Vierzig Tausend Thaler . . .

(Etwas spöttisch.)

Allerdings, allerdings . . .

————

Fünfter Auftritt.

(Von rechts Maria. Degen macht ihr eine vornehme
Verbeugung, die sie ebenso erwidert.)

Smith.

Dein neuer Reitknecht, John nennt er sich.

(Maria fährt stolz in die Höhe und sieht hochmüthig auf
Degen. Dieser beugt den Kopf in heftigem Kampf. Smith
beobachtet beide.)

Smith (klingelt).

Sechster Auftritt.

(Der alte Diener erscheint [Mittelthür].)

Smith.

Hier, Bill, ist unser neuer Reitknecht John.
Nimm ihn mit Dir.

(Diener und Degen ab. Letzterer mit gesenktem Haupt,
ohne sich umzusehn.)

Degen

(wendet sich noch einmal, zieht ein kleines ovales auf Elfen-
bein gemaltes Bild aus der Brust. Bescheiden zu
Mister Smith).

Mister Smith! Noch eine Bitte. Dies ist das
Bild meiner Mutter ... Ich könnte es ... im
Stall ... verlieren ... Wollen Sie es mir auf=
heben? ...

Smith.

Geben Sie es mir; es soll wohl aufbewahrt werden.
(Für sich.)

Ich werde es wie ein Heiligthum schützen ...

2*

(Degen überreicht es; Smith beugt sich auf das Bild und
erschrickt, hat aber sofort seine Fassung wieder. Degen
und Diener ab.)

Maria
(verwundert, lacht).

Aber was ist denn das Alles? Ich fange an,
lieber Vater, die ganze Sache nicht mehr zu verstehn
... Mein Reitknecht, mein Reitknecht, mein neuer
Reitknecht. Und er machte mir eine so vornehme
Verbeuguug? Und ich erwiderte sie. Denk' ich daran,
muß ich erröthen. Was ist es denn mit — die—sem
Reit—knecht? Und nun zuletzt der Auftritt mit
dem Bilde?

Smith.

Immer unzufrieden, immer unzufrieden. Seit
einem Jahre quälst Du mich, ich soll Dir einen
Reitknecht verschaffen; das würde sich so hübsch
machen im Central-Park. Und nun, da ich es endlich gethan habe, willst Du ihn ... Es ist einer
von Deinen vielgeliebten Deutschen, liebes Kind.
Er war Husar, hat den letzten Krieg mitgemacht und
ist später, um hier besser sein Brod zu verdienen,
ausgewandert.

Maria.

Nun denn, liebes Väterchen, so behalte ich
ihn. Ja, ich liebe die deutsche Armee. Bin ich doch
selbst Zeuge gewesen in Deutschland ihrer Siegesein-
züge. Und ist er auch dabei gewesen?

Smith.

Gewiß, ich sagte es Dir ja schon ...

Siebenter Auftritt.

Der Diener
(durch Mittelthür).

Mister Johnson.

Smith.

Herein mit dem langen Backenbart.

Maria.

Ach, der alte Johnson . . . Ich fliehe, ich fliehe.

Smith (lachend).

Ich send' ihn Dir nach . . .

Maria (lachend).

Gut, gut, ich spiele ihm 99 Mal: Long, long ago vor, und geht er immer noch nicht, noch einmal 99 Mal: Long, long ago . . . Er kommt, er kommt . . .

(rechts ab.)

———

Achter Auftritt.

(Mister Johnson durch die Mittelthür. Etwa 50 Jahre alt; sehr elegant; graugemischter, langer Backenbart.)

Smith
(wie in Gedanken; zu Johnson).

Aber 40,000 Thaler.

Johnson.

W—h—y? . . Wären Sie heute länger auf der Exchange=Börse geblieben. Türken stiegen noch bis zwei Uhr.

(Er sieht sich um.)

Ah, and Miss Mary, where is the sweet little flower?

Smith.

Ich glaube, sie würde erfreut sein, Sie begrüßen zu können.

Johnson.

Ich eile, ich eile . .

(rechts ab.)

Smith (allein).

Nun sind es über vierzig Jahre her. Ich bin ganz Amerikaner geworden, und doch — mein Herz ist deutsch geblieben.

(Er sieht das Bild an.)

Ist das Zufall, Schicksal, ist es die Vorsehung, die mir den heutigen Tag gebracht hat?

(Er verfällt in Erinnerung.)

Ein armer deutscher junger Dorfschullehrer, der mit glühendem Herzen die Tochter seines Gutsherrn liebte . . . und die Qual mit sich umhertrug . . . Ich sah sie wöchentlich einmal im Schlosse; ich mußte sie mit der Violine begleiten . . . Und es war ein heißer Junitag. Jasminen und Rosen lagen wie schöne Frauen auf den grünen Polstern; und Alles ein Duft, ein Friede . . . und später stand ich am Teich, und starrte hinein und starrte, starrte,

und die Nachtigall schlug so lang, so lang, als wollte
sie nimmer ihren süßen Ton verlassen . . . O deutsche
Nachtigall . . . Und dann, dann . . . am Teich lag
sie mir im Arm, und unsere Thränen flossen . . .

(Pause.)

Am andern Morgen — wie fand ich die Kraft
— war ich auf dem Wege nach Hamburg; und nun
sind's vierzig lange Jahre her . . . Einmal nur noch
hörte ich von ihr; sie hatte einen Grafen Gyldenkralle geheirathet . . .

Und all' die Zeit, und all' die Zeit: Arbeit,
Arbeit nur, und Geldgewinn . . . wo blieb mein
Leben . . . ein einziger schwerer Arbeitstag . . .

(Pause.)

Ich will ihm helfen. Noch heute Nacht schreibe
ich dem herrlichen deutschen Kaiser. Er in seiner
Güte kennt das menschliche Herz. Ich schreibe ihm,
daß ich die Schulden bezahlen will, und dann soll
der hohe Herr und das Vaterland den schneidigen
— so stand jawohl in einem seiner Papiere — den
schneidigen jungen Husaren-Offizier wieder haben . . .

Ich bin nicht engherzig geworden mit meinem
Gelde. Einmal will ich es nicht kleinlich geben.
Meiner Tochter bleibt das Hundertfache. Ich will
ihm helfen . . .

Bis zur Antwort aus Berlin wird er hier bleiben
als mein Reitknecht. Laß es ihn für sein ganzes
Leben erkennen: Arbeit schändet nicht . . . Arbeit
adelt.

(er sieht lange auf das Bild.)

Anna . . . Anna . . . Ich habe Dich nicht vergessen.

(Er küßt das Bild.)

Der Vorhang fällt.

Zweiter Akt.

—

Wie im erſten Akt. Der alte Diener wiſcht Nippſachen ꝛc. mit einem Wedel ab. Dann lehnt er ſich, den Wedel unter den Arm ſchiebend, an einen Tiſch.

———

Erſter Auftritt.

Der alte Diener.

Der arme Junge. Leid thut er mir. Daß ich nie ein Wort aus ihm herausbringe . . .

(Kleine Pauſe.)

Ein Geheimniß muß dahinter ſtecken, ſicher. Und damals, als er das Bild dem Miſter Smith gab. Wer führt denn ſo hübſche kleine Bilder mit ſich . . . Ich habe Nachts oft vor ſeinem Bette geſtanden. Zuerſt war er immer noch im Felde, im Kriege. Durch die Zähne knirſcht es durch: „Mit Zügen rechts ſchwenkt . . . Zu Einem rechts brecht ab . . . An die Pferde. Auf—geſeſſen . . .“ Und was weiß ich Alles . . . Einmal ward er ganz unruhig, ſeine Bruſt keuchte, er rief wie im Wachen: „Zur Attacke“ . . . und: „Hurrah, Hurrah . . .“ und ſeine Lippen bebten . . .

Bat ich ihn am andern Morgen, er möchte mir vom großen Kriege erzählen, und sagte ich ihm unverhohlen, daß ich ihn Nachts habe Hurrah rufen hören, dann lächelte er trübe und ging an die Arbeit zu seinen Pferden . . .

Was es nur ist mit ihm . . . Er leidet . . . Mit keinem verkehrt er, und was doch sonst ein echter deutscher Husar ist, der schäkert mit den Mädchens herum . . . Weiß ich's doch selbst noch von früher, ehe ich mein altes Brandenburg verließ . . . aus meiner Kürassierzeit . . .

Und Abends lehnt er an der Stallthür, und ich merk' es wohl, er ist weit weg mit seinen Gedanken.

(Pause.)

Und nun die Beiden, die Beiden . . . Ei, das darf ich nicht aussprechen, selbst nicht bei mir, im Stillen . . . Aber wenn sie abreiten; unsere schlanke hübsche Mary vorauf, er hinterher . . . wie das sich macht . . .

(in Gedanken)

er — hinter — her . . .

Und immer möcht ich ihm zurufen: Reit' doch an sie heran, Du darfst es ja, Du mußt es ja, das ist ja Dein Platz — von Rechtswegen. Das junge schöne Paar. Und dagegen der alte Johnson, der unsere Mary so gern sich erheirathen möchte wenn sie nur nicht anders dächte.

(Pause.)

Das Hurrahrufen im Traume hat aufgehört; er wälzt sich nicht mehr so viel umher, als ließe ihn die Unruhe nicht aus ihren Fingern . . . Er ist so still geworden. Und vorige Nacht, als ich ihn einmal wieder im Schlaf beobachtete, nannte er nicht einen Namen . . . Er nennt sie stets Mylady; das ist doch hier bei uns in Amerika nicht Sitte.

———

Zweiter Auftritt.

(Maria von links. Im aufgeschürzten Reitkleid.)

Maria.

Gut, Bill, daß ich Sie treffe. Wollen Sie John sagen, er möge hier erscheinen. Sind die Pferde schon aus dem Stall?

Der Diener.

Ich kann es nicht sagen, Miß Mary. Ich werde sogleich John rufen.

(Durch Mittelthür ab.)

Maria.

Es ist unmöglich . . . Was will ich denn mit ihm hier; weshalb laß ich ihn rufen. Die Pferde sind ja schon gesattelt. Was sag' ich ihm nur, was frag' ich ihn denn?

(In Gedanken.)

Nein, nein, es ist unmöglich. Ich bin die Tochter des reichen Mister Smith, und er ist und bleibt ein — Reitknecht. Aber die treuherzigen, guten Augen. Wie er mich ansieht und spricht doch kein Wort; nur, wenn ich ihn frage . . .

(Kleine Pause.)

Ob er mich liebt? . . . Nein, nein es kann nicht sein, es darf nicht sein . . .

(Kleine Pause.)

Weshalb er mich immer Mylady nennt? Und
seine ganze Haltung, sein Benehmen. Wär' er nicht
mein Reitknecht, er wäre der feinste gentleman . . .
(Kleine Pause.)

Als er gestern plötzlich in der einsamen Allee an
mich im Galopp heranritt; was wollte er denn?
was hatte er denn? Und wie sah er mich an . . .
und dann ritt er wieder gehorsam hinter mir her
. . . Unmöglich, unmöglich, es darf ja nicht sein . . .

Dritter Auftritt.

(Durch die Mittelthür J o h n. O h n e H u t. Schwarzer
enger Rock, vom Halse zugeknöpft bis zur Taille. Weißle-
derne Beinkleider. Kurze Stulpen mit Sporen. Unterm
Knie handbreiter hellbrauner Lederaufschlag. Stehkragen.)

J o h n.

Mylady haben befohlen?

M a r i a.

Ja, ich wünschte . . . ich wollte . . . ich möchte
wissen, ob Bessy noch lahmt?

J o h n.

Sie lahmt noch, Mylady! Ich habe Baroneß
gesattelt.

M a r i a.

Gut . . . gut, gut, John . . .
(Pause.)

J o h n.

Und wann befehlen Mylady?

Maria.

Nun, es ist ja Alles schon fertig; ich denke ...
(Streng, schnell.)
Ich wünsche von Ihnen zu erfahren, weshalb
Sie gestern in der Allee an mich heransprengten,
und ...
(Kleine Pause.)

John.

Mylady bitt' ich sehr um Verzeihung: Ich weiß
nicht, wie es kam. Aber plötzlich, ich sah es deutlich,
Bessy wurde scheu ...

Marie (lacht).

Bessy scheu? Die gute, alte Bessy scheu?

John
(nach und nach lebhafter werdend).

Sie schlug und biß um sich und stieg ...

Maria
(ernst und verwundert ihn ansehend).

Sie schlug und biß um sich und stieg? ...

John.

Kerzengerade stieg sie, und von der Stelle aus
raste sie mit Mylady davon, hart an den Bäumen
längs. Ich hielt's nicht aus, und gab meinem Pferde
die Sporen und jagte an Mylady heran ...

Maria.

Aber welche Phantasie ... Sollte der heiße Tag ...
(Ernst.)
Hören Sie, John ... Es hat das gestern in

der einsamen Allee Keiner gesehn; aber es wäre doch
möglich gewesen. Ein ander Mal zügeln Sie Ihre
Phantasie, John. Sonst . . .

(Sie sieht auf den Boden.)

Sonst muß ich Sie entlassen, John . . .

John

(ruhig, er sieht zu Boden).

Ich werde meine Einbildungskraft nicht mehr
die Schranken überschreiten lassen . . .

(Leiser.)

Es soll nicht wieder vorkommen . . .

Maria.

Sie versprechen mir das, John?

(Sie will auf ihn zugehn; bleibt stehn; sieht ihn an; dann
kurz.)

In zehn Minuten werde ich unten sein.

(Rechts ab.)

John

(ihr nachschauend).

Ich halt' es nicht mehr aus; ich kann diesen
Zustand nicht mehr ertragen. Und heute auf dem
Spazierritt muß es heraus. Was war ich auch
gestern der Feigling. Merkt' ich nichts in ihren
Augen?

Zitterte mir aus ihnen nichts entgegen? wie Sehn-
sucht, wie Liebe . . . Liebe . . . Und ich bezwang
mich doch, und ritt gehorsam wieder hinter ihr her,
die Qual im Herzen . . .

(Kleine Pause.)

Mag es kommen, wie es kommt . . . willigt sie

ein, sag' ich's noch heute Mister Smith. Ich fass'
ihn bei seinen eigenen Worten: Arbeit adelt . . .

Und hab' ich nicht gearbeitet; hab' ich mich nicht
gedemüthigt? . .

Und wenn er nicht will, und Maria — ja sie liebt
mich, — Maria will nicht von mir lassen, dann ent-
führe ich sie und arbeite für sie Tag und Nacht.
Ich weiß jetzt was Arbeit heißt. Ich brauche nicht
das Geld von Mister Smith . . .

(Kleine Pause.)

Wie kalt er ist; und doch zuckt es ihm immer um
die Lippen; als wollte er sprechen, als wollte er mir
eiu gutes Wort geben, als wollte er sagen: Halt aus!
Bestehe die Prüfung. Ach, dies verdammte Amerika.
Und doch ist es die Schule für so Manchen; eine
harte, harte Schule des Lebens . . .

Ich vergesse mich hier . . .

Vierter Auftritt.

(Durch die Mittelthür Mister Johnson.)

Johnson.

Ah, John, das ist gut; da treff' ich doch Je-
manden . . . Bringen Sie mir ein Glas Eiswasser . . .

John.

Dort steht die Klingel, Sir. Das Wasserbringen
ist nicht mein Geschäft.

(Durch Mittelthür ab.)

Johnson.

Ein stolzer Bursche . . .

Fünfter Auftrit.

(Von links Mister Smith.)

Smith.

Guten Tag, Johnson. Wie geht das Geschäft?

Johnson.

Danke, gut. Und bei Ihnen?

Smith.

Ausgezeichnet . . .

Johnson.

Ich bin heute gekommen, um endlich eine Sache in's Reine zu bringen . . . Mit Ihnen . . .

Smith.

Ein Geschäft? . . Mit mir? . .

Johnson.

Nicht eigentlich ein Geschäft. Bleibt denn euch Deutschen immer noch bis zum Grabe, auch hier bei uns, ein letzter Rest von Unpraktischkeit . . .

Ich liebe Ihre Tochter, Smith, Sie wissen das lange. Ich möchte nicht mehr warten.

Smith.

Und mir würde es eine Ehre sein, der Schwiegervater Mister Johnson's zu werden. Sie wissen, wie hoch ich Sie halte . . . und Sie würden meine Tochter glücklich machen. Aber, Johnson, haben Sie's denn mit Mary in Ordnung gebracht?

Johnson.

Das ist es eben . . .

Smith.

Aber dann kann ich doch nichts thun . . . ich will meine Tochter nicht zwingen; ich kann das auch nicht: sie hat ihren eigenen Kopf, ihren eigenen Willen . . .

Johnson.

Aber bedenken Sie, Smith: Seit drei Monaten liegt in Hoboken meine Dampfjacht unter Feuer, daß wir jeden Augenblick abfahren können nach Ihrem alten Europa. Ich will Deutschland sehen, wo sie nur von Lagerbier leben; ich will Berlin sehn, den großen Kaiser will ich sehn, will ihm die Hand schütteln . . .

Smith.

Aber so reisen Sie doch, Johnson; es hindert Sie doch Keiner . . .

Johnson.

Mary soll mitreisen, als meine Frau soll sie mitreisen, und meinen Schwiegervater will ich auch mit haben.

Smith.

Sie wunderlicher Kauz. So machen Sie's doch kurz. Gehn Sie zu meiner Tochter; fragen Sie sie.

Johnson.

Gut! Ich will zu ihr. Auf Wiedersehn, Smith, auf Wiedersehn.

(Rechts ab).

Smith (lächelnd).

Er wird sich einen Korb holen, und mir wär's Recht, wenn er auch ein braver, kluger, energischer Vollblut=Amerikaner ist . . .

(Pause.)

Mit John muß das ein Ende haben . . . Wie ein Mann besteht er die Prüfung . . . Ich bin doch kein Tyrann, kein Sklavenhalter . . . Wenn nur endlich Antwort aus Berlin hier wäre; nun sind es bald drei Monate her. Aber in Deutschland, in Berlin geht man vorsichtig: Erkundigungen über Erkundigungen sind gewiß erst eingezogen, bei seinem Regiment, bei seinen früheren Vorgesetzten . . . Doch nun endlich könnte die Antwort hier sein; ich er= warte sie stündlich. Und dann ist er frei. Ich bezahl' ihm die paar Tausend Thaler . . . Und da sind wir Amerikaner doch den knickerigen Deutschen voraus: Wir geben groß; wir denken nicht mehr daran, ist's beschlossene Sache. Hier ist das Geld, Herr, und Gott segne Sie, Herr. Und dann ist's abgemacht.

Aber in Deutschland: D i e Verzögerungen, d i e Dankbeanspruchungen, d i e Abknappungen . . . Und alle die vielen Erwägungen, ohne die der Deutsche nicht einschlafen kann. . . . Jede alte Tante muß erst befragt werden: Ist er es auch werth, daß ihm ge= holfen wird . . . könnte er nicht doch vielleicht wieder? . . Eine recht häßliche graue Feder im deutschen Adler= gefieder . . .

(Kleine Pause.)

Nun, ich muß sehen . . . es könnte sein . . . die Post muß jeden Augenblick kommen . . .

(Links ab.)

<hr>

Fünfter Auftritt.

(Von rechts Maria.)

Maria (lachend).

Endlich ist er mit seiner Erklärung losgeplatzt. Ich that sehr verwundert. Dann sagt' ich ihm: Mister Johnson, ich muß Zeit haben. Hier, blättern Sie in meinem Album; setzen Sie sich an den Flügel: können Sie long, long ago spielen? Und fort war ich . . .

(Kleine Pause.)

Nein, nimmermehr . . . Er ist ein vortrefflicher, guter Mensch, aber lieben kann ich ihn nicht . . .

(Sie blickt zu Boden.)

Ich habe John vorhin Wehe gethan, wie mir das in's Herz schneidet. Johny, Johny . . . o mein Gott . . . es geht doch nicht, und — ich — liebe hn . . .

(Sie bedeckt die Augen mit den Händen.)

———

Sechster Auftritt.

(Durch die Mittelthür John.)

John.

Mylady!

Maria (auffahrend).

John?

John.

Ich habe mich verhört? Ich sollte melden, wenn Alles in Ordnung? Oder hatten Mylady befohlen, unten zu warten?

Maria (resignirt).

Es ist ja gleich, John . . .

John.

So werd' ich auf Mylady unten warten.
(Will abgehn.)

Maria.

John.

John.

Mylady?

Maria.

Ich habe Ihnen vorhin wehe gethan.

John.
(Im Tone leiser Abwehr.)

Mylady! . .

Maria.

Ich habe Sie gekränkt . . . Ich . . . ich . . .
war nicht gut.

John.

Mylady haben zu befehlen; ich zu gehorchen.

Maria.

Sie sehen ein, John . . . (leise) Mister John . . .
(laut) daß eine solche Begebenheit wie gestern im
Central-Park auffallen muß . . . Danken aber will
ich Ihnen von Herzen . . . und ich muß noch einmal
darauf zurückkommen . . . Sahen Sie im Geist oder
gar mit Ihren körperlichen Augen, daß mein Pferd

durchging, daß ich die Bäume streifte ... Leiden Sie an derlei Gesichten? Haben Sie ein ähnliches Erlebniß früher gehabt; sind vielleicht selbst zugegen gewesen? ..

John.

Ich habe mein ganzes Leben von Kindheit an, so zu sagen, auf dem Pferde zugebracht. Mein Vater gab mir den ersten Reitunterricht. Er war streng darin und verstand keinen Spaß. Und wie danke ich es ihm jetzt ...

Maria.

Aber sahen Sie durchgehende Pferde ... sahen Sie, daß Jemand verunglückte bei solcher Gelegenheit ... und dann ist es Ihnen ein unauslöschlicher Eindruck geblieben, so daß Sie gestern etwa ...

John.

Ja, auch das habe ich gesehn. Mit mir selbst ist mehr als einmal mein Pferd durchgegangen. Auf diese Weise bin ich sogar dem Tode, der Gefangenschaft entgangen.

Maria.

Dem Tode? Der Gefangenschaft? O, das müssen Sie mir erzählen.

John.

Es war in der Schlacht bei Marslatour.

Maria.

Eine Schlacht, eine Schlacht.

John.

Unsere Infanterie hatte sich fast schon verschossen, aber sie stand und wich nicht. Es waren schwerste Nachmittagstunden.

Mein Regiment hielt in einer Versenkung. Wir warteten mit jeder Minute auf den Befehl zum Einhauen. Weit vor uns, scharf den Gang des Gefechtes beobachtend, hielt unser Regiments=Kommandeur. Da ... Da — wir alle konnten's erkennen — fliegt ein Adjutant — die Quasten seiner Schärpe konnten ihm kaum folgen, so flitzte er heran — auf unsern Kommandeur los. Der prescht ihm entgegen, und — vorwärts ging es. Erst zogen wir noch ein wenig hin und her, um den günstigsten Punkt zu finden, auf den Feind, der uns nicht sehen konnte, wie ein Wolkenbruch loszubrechen ...

(lebhafter, leuchtender.)

Ah, mein gnädiges Fräulein, ein Reiterangriff! Das ist eine Gnade Gottes, wenn er's im Leben einem Manne verstattet. Der Körper wird zu Stahl in den Augenblicken ... Die Augen funkeln ... Zügel fest ... Die Fanfaren rufen, schreien, jauchzen. Welche Musik ... Und weit vorgestreckt; mit kreisenden Säbeln, die wie Schleudern schwingen, prasseln die Regimenter aufeinander, ineinander. Sattelleere, Sturz und Staub, Klingenkreuz und Scharten. Trunken schwenkt die Faust den Raub flatternder Standarten.

Maria *(begeistert.)*

Ah, wundervoll ...

John.

Und, Viktoria! .. Hoch, hoch über dem Gewoge

leuchtet die eroberte Fahne. Ihr erster Träger küßt
die Erde, zerstampft von unsern Hufen.

(Ruhiger.)

Doch ich wollte Ihnen von meinem durchgehen=
den Pferde erzählen: Es war bei jener Attacke.
Gleich zu Anfang fiel mein Rittmeister; eine Kugel
durch's Herz hatte ihn in den Sand gestreckt. Als
ältester Offizier der Schwadron übernahm ich . . .

Maria (erstaunt.)

Sie waren Offizier? . .

John.
(Ein wenig verwirrt; faßt sich schnell wieder.)

Gleichviel, gleichviel. Ich übernahm das Kom=
mando. Meine Trakehnerstute, auf die ich mich
verlassen konnte, übertraf sich heute selbst. Der
Blitz hatte ihr seine Schnelligkeit geliehen . . . Ich
merkte es erst nicht; dann ward's mir klar . . . Sie
war mit mir durchgegangen. Wo blieben meine
Leute? . . Und mitten bin ich zwischen feindlichen
Geschützen. Ich sah kaum mehr, ich hörte kaum mehr.
Ein Wischer, der mir, im günstigen Augenblick, von
einem französischen Artilleristen nachgeworfen war, riß
mir den Kolpak ab. Und die Kugeln flogen. Ich beuge
mich tief auf die Mähne; liege wie ein Indianer auf
der Seite meines Pferdes . . . Bald bin ich mit unge=
heurem Sprung in einem Viereck, und schon wieder
hinaus. Ich durchrase, überspringe Gott weiß was,
wen. Endlich, endlich macht die Stute den Bogen . . .
zurück. Hinter mir hat sich jetzt eine Jagd aufgemacht.
Gierige Finger krümmen sich schon nach mir; tausend
Teufel umschreien mich, aber sie galoppieren mich nicht
aus den Schuhen . . . und ich bin . . .

Maria.

Sie sind mit Ihrer Schwadron wieder zusammen=
getroffen . . . und schlagen wieder drein . . . immer
vorwärts, immer vorwärts . . .

(Kleine Pause.)

Und ich, ich habe Ihnen so wehe gethan . . .
O, hier meine Hand . . . lie . . . lieber John . . .

(Er küßt die ihm dargereichte Hand sehr verbindlich, nicht
zu kurz.)

John (ernst).

Mylady gestatten, daß ich an Ihren Ausritt er=
innere.

Maria.

Aber ich möchte . . .

(Sie beißt sich auf die Lippe.)

ich möchte, daß Sie mich nicht mehr begleiteten . . .

(Sie kämpft mit sich.)

ich würde . . . ich mache mir Vorwürfe . . .

(Leise.)

Mein Gott, er ist doch mein Diener . . .

(Laut.)

Nein, nein, Mister John, Sie sollen, Sie dürfen
mich nicht mehr begleiten. Ein Mann, der solche
Tage erlebt hat . . . es kann nicht sein . . .

(Sie kämpft.)

Sie müssen fort hier . . . wir können nicht mehr
zusammen . . .

John (leise).

Ach was, zur Attacke.

(Er kniet vor ihr, ihre Hände ergreifend.)

Maria.

Aber mein Gott . . . Mister John . . . John . . . Johny, Johny . . . Was wollen Sie, was thun Sie . . .

John.

Ich attackire . . . ich greife den Feind an . . .

Maria
(sich zu ihm beugend; er erhebt sich).

Aber . . . Sie sind . . .

John.

Ein preußischer Husar, der auf j e d e m Schlacht= feld siegt . . .

Maria.

Johny, Johny . . . ich bin Dir ja gut . . .

John.

Und Du willst mit mir durch's Leben gehn? Mein Weib werden? Mein liebes, holdes Weib?

Maria.

Wohin Du willst, ich gehe mit Dir . . .
(Sie umarmen sich zärtlich.)

————

Siebenter Auftritt.

(Von links Mister Smith.)

Smith
(der sehr erstaunt die Umarmung sieht).

A—h . . .

John
(während Maria ihrem Vater zu Füßen fällt).

O, Mister Smith . . . Geben Sie mir die Hand Ihrer Tochter . . . Wir lieben uns . . .

Maria.

Wir lieben uns, Vater, wir lieben uns . . .

Smith.

Aber, ich muß doch zur Besinnung kommen. Sie haben ja nicht einen Pfennig Vermögen, lieber John. Wie wollen Sie denn Ihre Frau ernähren?

John
(mit Wärme).

Haben Sie mir nicht gezeigt, was Arbeit heißt? Haben Sie mir nicht gesagt: Arbeit adelt, wie immer sie auch sei? Und da ich hier nicht mehr Arbeit leisten kann mit meinem Säbel, da hab' ich Ihr Wort behalten: und habe gearbeitet mit meinen Fäusten, und — Arbeit schändet nicht: mit jedem neuen Tag hab' ich es mir fröhlicher, frischer zugerufen, wenn auch mein Herz stumm wurde Ihrer Tochter wegen. Und, Mister Smith, hab' ich's Ihnen nicht gezeigt, daß ich arbeiten kann . . . Ich hab' Ihnen treu
(mit etwas gesenkter Stimme)
gedient . . .

Smith.

Halt, halt nun, John . . . Sie sind nicht mein Diener gewesen . . . Ich war wie Ihr Vater; ich habe Tag um Tag Sie beobachtet . . . und nun denn, John, mein Sohn, mein lieber, neuer Sohn, mach' meine Tochter glücklich . . .

Maria und John

(vor dem Vater kniend, der ihnen die Hände auf's Haupt legt).

———

Achter Auftritt.

(Durch die Mittelthür der alte Diener. Er bleibt einen Augenblick verwundert stehn; dann überreicht er Smith einen Brief.)

Der alte Diener.

Ein großer Schreibebrief aus Berlin, Mister Smith . . .

(Während Smith den Brief rasch erbricht und liest, stummes Spiel von Maria und John. Bill bleibt an der Thür.)

Smith (lesend).

Im Allerhöchsten Auftrage habe ich Ihnen auf Ihr Immediatgesuch vom 3. Mai dieses Jahres mit= zutheilen . . .

(Einzelne Worte sagend:)

. . . Keine unehrenhafte Schulden . . . Seine Majestät . . . gerne . . . einen so tüchtigen Offizier . . . dem Vaterlande . . . der Armee . . . nichts da= gegen zu erinnern haben . . . wenn sich . . . alle Schulden bezahlt sind . . . mir ausdrücklich noch be= fohlen . . . Arbeit adelt . . .

(Den Brief von den Augen nehmend.)

O, Kinder, Kinder . . . Der gute, der herrliche Kaiser . . . er sieht in's menschliche Herz, er fühlt mit uns . . . mit seinen Deutschen . . .

(Kleine Pause.)

Herr Graf, Sie kehren nach Deutschland zurück, in die Armee . . .

John.

Mister Smith, was ist das?

Maria.

Wie? . . Herr Graf . . . Und kein preußischer Husar? . .

Smith.

Graf und preußischer Husar, und Du bist — Gräfin Gyldenkralle.

Maria.

John, John . . . Wie versteh' ich das? . .

Smith.

Später, später, Kinder. Jetzt fallt euch gefälligst wieder in die Arme.

(John und Maria umarmen sich. Stummes Spiel.)

- - -

Neunter Auftritt.

(Von rechts Mister Johnson. Er erstaunt.)

Johnson (zu Bill).

What's the matter, Bill?

Der alte Diener.

A German count, Sir, a German count.

Johnson.

The devil and a count.

Der Diener.

Selbst a devil.

Johnson.

Da muß ich doch . . . und ein wirklicher deut=
scher Graf mit Geld? . . Da muß ich doch . . .
Ein Amerikaner denkt immer groß . . . My reverence,
Mister count . . . Und nun gestatten Sie mir, Ihnen
und der schönen Mary meine Dampfjacht anzubieten;
sie liegt seit drei Monaten in Hoboken unter Feuer.

Smith.

Erst die Hochzeit.

Maria.

Hochzeit, Hochzeit, o seliges Wort . . .

John.

Meine süße, liebe Maria . . .

Smith.

Und dann fahren wir alle nach Deutschland.

Der alte Diener.

Und ich sehe noch einmal mein altes Branden=
burg wieder. O Heimath, liebe, alte Heimath!

Der Vorhang fällt.

Ende.

———— ⟨⟩⟨⟩⟨⟩⟨⟩ ————

Druck von Oswald Schmidt in Reudnitz-Leipzig.